LA CHARTREVSE

Ou la Saincte SOLITVDE.

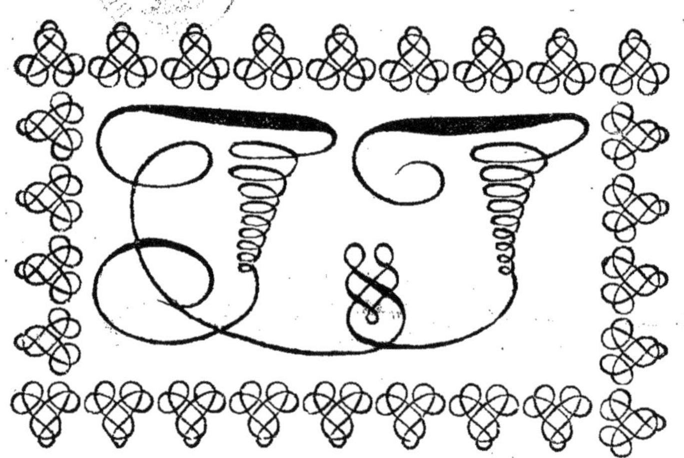

Imprimé aux dépens de l'Autheur,

à Paris,

Par P. Moreau Mᵉ. Escriuain Juré audit lieu, & seul Imprimeur & Graueur ordinaire du Roy de la nouuelle Imprimerie, par luy faite & inuentée, demeurant vis à vis l'Horologe du Palais.
Auec Priuil. 1647.

A LA REYNE.

MADAME,

V. Ma^té^ verra dans ce Tableau l'image de la plus éminente Sainteté du Ciel, pratiquée dans le plus effroyable desert de la terre: elle ne presente à l'imagination rien que d'affreux, des rochers, des torrents, des glaçons & des precipices: mais à l'esprit rien que de diuin & de merueilleux, vn detachement absolu des vanitez du monde, vne angelique pureté, des prieres continuelles, des austeritez prodigieuses: S'il est donc vray que nous estimons les portraits, bien que grossiers, des choses ou saintes, ou cheres, ou ressemblantes : J'ose esperer qu'elle verra celuy-cy fauorablement Saint dans son objet & dans son entreprise, & comme tel agreable, sans doute, & ressemblant à V. M. en cela seulement diuerse de l'austere vertu de ces bons Solitaires, qu'elle l'exerce plus miraculeusement dans la plus charmante de toutes les Cours. Le Ciel la reconnoisse, & répande sur V. M. ses plus cheres faueurs. Ce sont les vœux,

MADAME,

De vostre tres-humble, tres-fidelle, & tres-obeïssant seruiteur & sujet

LA CHARTREUSE
ou
la Saincte Solitude,
Ode premiere.

Ce n'est pas toy que ie descris, *Proeme.*
Belle & plaisante Solitude,
Sujet de tant de beaux écrits,
Doux charme de l'inquietude;
Ce n'est pas vous lambris dorez,
Palais des mortels adorez,
Grands Chefs-d'œuures d'Architecture
Parterres de fleurs embellis,
Peres des roses & des lys,
Dont ie veux faire la Peinture.

En ces lieux priuez d'ornements
Jamais on n'a veu l'artifice
Leuer sur des creux fondements
Vn vaste & pompeux Edifice,
Jamais l'Esquierre ou le Cordeau
N'y traça portail ny rondeau,
Et l'artiste magnificence,
Par tout ailleurs pleine d'attraits.

En ce lieu jamais n'a portraits
Les monuments de sa puissance.
Icy le murmurant ruisseau,
Dés le creux natal de sa source,
Dans vn ample & large vaisseau
Ne voit pas détourner sa course,
Ny fait l'esclaue d'vn dessein,
De canal deuenu bassin,
Rouler ses Nymphes vagabondes,
Ou dans le sein des promenoirs
Dessous l'ombre des rameaux noirs,
Ternir le crystal de ses ondes.
Icy jamais le Courtisan,
Pressé de douleur & d'enuie,
N'a souhaité de l'Artisan
La basse fortune & la vie,
Ny l'esprit de l'homme sçauant,
A l'ombre d'vn saule réuant,
N'a buslé de ces douces flames,
Et dans ces retraites d'horreur
Puisé la sçauante fureur
Qui possede les belles Ames.
Jamais icy le malheureux
N'accusa le sort ny les astres,
Jamais l'indiscret Amoureux
N'y vint souspirer ses desastres,

Et dés l'aurore du matin
Plaignant l'injurieux destin,
Dont son ame fust trauaillée,
Mesler les perles de ses pleurs
Aux brillantes perles des fleurs,
Dont la campagne est émaillée.

Les arbres n'y sont point grauez
De ces prophanes characteres,
Qu'impriment les cœurs deprauez
Sur les escorces solitaires;
Jamais le couteau du Berger,
Ny le baston du passager
N'écriuit le sablon des plaines,
Jamais les amoureux soupirs
Aux petits soufles des zephirs
N'ont meslé leurs chaudes baleines.

C'est vn lieu d'amour & de paix,
Où la temeraire Insolence,
Pleine de crainte & de respects,
N'ose porter sa violence;
De ces montagnes de rocher
Elle ne sçauroit approcher,
C'est vne terre hors de la terre,
Que le Ciel a de toutes parts
Ceint d'inaccessibles remparts,
Contre les assauts de la guerre.

N'espere pas que dans ces vers
Je veüille appliquer mon estude,
A peindre aux yeux de l'vniuers
Vne abondante Solitude,
Où trois fois les seconds guerets
Jaunissent des grains de Cerés,
Où regne Flore auec Pomone,
Où l'on voit ensemble en tout temps
Fleurir les beautez du Printemps,
Et les richesses de l'Automne.

Je descris des fameux deserts
Qui prés des vagabondes nuës
Contre les tempestes des airs
Vont opposer leurs cimes nuës,
Des monts pelez, des froids climats
Couuerts de neige & de frimats,
Sans collines & sans campagnes,
Des rocs pendants, des vallons creux,
Des grands precipices affreux,
Des abismes & des montagnes.

Esprit de flame & de clarté,
De qui les perçeantes lumieres
Ont dessus l'abisme écarté
L'obscurité des nuicts premieres,
Esclaire moy de tes rayons,
Et fay que mes doctes crayons

Tracent la viuante peinture
De ces lieux saints & retirez,
Que ta main sçauante a tirez
Du sein profond de la nature.

Ode seconde.

Parmy ces monts audacieux
Qui seruent de limite aux Gaules,
Et qui semblent porter les Cieux
De la cime de leurs épaules,
Est vn grand parc de monts chenus,
Couronnez de rochers cornus,
Et tous semez de forests vertes
De pins, de peupliers & d'ormeaux,
Qui sous l'abry de leurs rameaux
En tiennent les pantes couuertes.

Topographie.

Ces grands vallons affreux & droits,
Pareils à des murailles fortes,
Se diuisent en deux endroits,
Et forment deux étroites portes,
Par où seulement à ce clos
De roc & de montagnes clos,
La nature discrette & sage
Ouure l'accés aux pas humains,
Et par deux penibles chemins
Y fait rencontrer vn passage.

L'entrée. Celle qui regarde le Nord
Pour voûtes a deux grandes roches,
Qui de l'inaccessible abord
Flanquent les desertes approches;
Dont les flancs sont si bien taillez,
Que l'on les croiroit trauaillez
Par l'art & par la violence,
Si la couppe de ces grand corps
N'excedoient les mortels efforts,
Et toute l'humaine puissance.

Le Torrent. Vn torrent viste & furieux
Qui tombé des roches voisines,
Remplit ces effroyables lieux
Du murmure de ses rauines;
Aprés ce fracas violent,
Deuenu plus doux & plus lent,
Se dégorge dans cette entrée,
Et sorty du vaste portail
De sa belle onde de crystal,
Arrouse toute la contrée.

Le pont. Là sous la racine du mont,
Où le torrent plus viste marche,
S'éleue vne forme de pont,
Composé seulement d'vne arche,
Qui doublement au roc vny,
D'vne grande porte muny,

Dispose de tout le passage ;
Et joignant l'vn à l'autre bord
Est le seul & facile abord
De ce lieu desert & sauuage.
　Vn peu plus auant dans le clos
Par delà cette sombre arcade,
L'onde precipitant ses flots
Fait vne bruyante cascade, La Cascade.
Qui descendant à gros boüillons
Roule la vague en tourbillons,
Et loin de sa cheute profonde,
Colore d'vn flot écumant
Jusques sur les astres fumant,
Toute la surface de l'onde.
　L'autre ouuerture du destroit, L'issuë.
A celle-cy comme opposée,
Est vn petit chemin estroit
Conduit sur la roche creusée,
Qui par des replis de serpent
Au pied des montagnes rempant
Parmy les détours s'insinuë,
Et trainant son petit canal
Du costé Meridional,
Ouure vne petite auenuë.
　Entre ces deux portaux ouuerts Le lieu, &
Toutes ces desertes enceintes

Errants dans ces climats gelez,
Eclatent sus leurs blanches crouppes;
Tantost on les voit voltiger,
Et d'vn pied subtil & leger
Grimper sur les plus hautes cimes;
Puis des cornes comme d'vn croc,
Suspendus aux pointes d'vn roc,
Couler dans le fonds des abismes.

Che-ureüils. Le Cheureüil dessus le grauier,
Sans craindre le plomb ny l'outrage,
Le soir vient aux yeux du Bouuier
Chercher la pasture & l'ombrage;
Souuent on y rencontre l'Ours
Qui promene ses membres lourds
Ours. Parmy la forest solitaire,
Ou qui descendant aux ruisseaux,
Va jusques dans leurs froides eaux
Eteindre le feu qui l'altere,

Bestail. On y voit le bestail cornu,
Errant sans berger & sans maistre,
Dessous le flanc d'vn rocher nu
L'Esté sus les montagnes paistre;
Et puis quand la froide saison,
Couurant l'herbe de sa toison,
Froma-ge. Le fait retirer dans l'estable,
Par vn laict tousiours renaissant,

Fournir au pasteur innocent
Vn mets friand & delectable.
Ce n'est pas l'abois du mastin,
Ny le bout ferré des houlettes,
Qui veille du loup intestin
Les innocentes brebiettes;
De ce parc solitaire & seur
Jamais ce cruel rauisseur
Ne franchit les fortes murailles,
Et jamais du mouton bélant,
Ou du pauure aigneau pantelant,
N'y vient déchirer les entrailles.

Exempt de loups.

Ce n'est pas icy que la nuict
Ramene l'ombre & le silence,
Le jour est comme elle sans bruit,
Sans lumiere & sans violence;
Sous le couuert des pins touffus
Les yeux aueuglés & confus,
Percent à peyne dans les ombres,
Et sus les sommets colorez
Discernent quelques feux dorez
Au milieu des ramages sombres.
De ces deserts inhabitez
Les froids & steriles riuages,
Autresfois n'estoient frequentez
Que des seules bestes sauuages;

Ou si les plus prochains hameaux
Conduisoient paistre leurs troupeaux
Parmy ces montagnes affreuses,
Contre l'effort de la saison
Ils n'auoient pour toute maison
Que les caues des roches creuses.

Accés interdit aux femmes.

Maintenant que la Chasteté
Est le seul bien qu'on y respire,
Que l'Angelique pureté
Y tient sa cour & son empire,
Jamais ce sexe deceuant,
Qui dans le cœur du plus feruent
Jette des impudiques flames.
N'y porte ses pas dangereux,
Et de ses attraits amoureux
N'y vient troubler les saintes ames.

Objet des frimats & du vent
Austere & rigoureuse enceinte,
Grand tombeau de l'homme viuant,
Solitude effroyable & sainte,
Parc de rochers & de glaçons,
Basty sans œuure & sans maçons,
Que ta structure est admirable:
Et que tu nous fais conceuoir
Le grand & l'absolu pouuoir
De ton Architecte adorable.

Ode quatriéme.

Loin, bien loin profanes esprits,
Qu pipez d'vn éclat de verre,
Adorez le lustre & le prix
Des fresles grandeurs de la terre;
Dans ces lieux saints & retirez
Viuent des esprits épurez,
Qui pour des beautez eternelles
Ont quitté du monde trompeur,
Remply de songe & de vapeur,
Toutes les pompes criminelles.

Description des Habitans.

Le riche drap de leurs habits
Est vn tissu de grosses laines,
Que leur fournissent les brebis
Qui paissent aux voisines plaines;
Et leur immuable ornement
Est vn simple & long vestement,
Qui par sa couleur blanche & pure
Monstre que ces cœurs innocents
Sont autant de beaux lys naissants,
Exempts de tache & de soüillure.

Leurs habits, que la Regle ordonne estre du drap du Pays, rude & grossier.

Pour delicieuses maisons
Ils ont des Cellules fermées,
Durant le cours de trois saisons
Dessous les neiges abismées;

Leurs Cellules.

Dans ces taudis faits de cailloux
La paille est leur coussin plus doux,
Les saints liures sont leur estude,
Leur Oratoire est tout leur bien,
Le Crucifix tout l'entretien
Qu'ils trouuent dans la Solitude.

Mœurs, nourriture.

Leur plus ordinaire aliment
Sont les herbes & les racines,
Ou bien quelques fruicts seulement
Qu'ils ont des prochaines cassines,
Quelquesfois vn peu de poisson;
Vn vin grossier est leur boisson,
Qui naist en ce lieu solitaire;
Et le laitage des troupeaux
Qui paissent dessus leurs coupeaux,
Est leur viure le moins austere.

Cilice.

Pour calmer ce reste d'efforts
Que tente l'humaine malice,
Ils portent sus leur tendres corps
Vn grossier & rude Cilice,
Qui sans jamais se relascher,
Contre la plus sensible chair
Pousse ses épines perçeantes;
Et tousiours rendu plus cruel
D'vn supplice continuel,
Punit ces Ames innocentes.

Cét organe foible & suspect, *Silence.*
Cette cajolleuse indiscrette
La langue, en ces lieux de respect,
Est tousjours paisible & secrette;
Ou si par fois elle confond
Ce silence horrible & profond,
C'est pour chanter auec les Anges,
Et d'vne graue & sainte voix
Faire retentir dans ces bois
L'éclat des diuines loüanges.

Comme dans vn autre sejour,
Les rossignols parmy les branches,
Soit que l'astre qui fait le jour
Répande ses lumieres blanches,
Ou soit que des mourantes fleurs
La nuict dérobe les couleurs;
Astreints à d'eternelles veilles,
Du grand Maistre de l'Vniuers,
Dans ces vallons affreux & verts,
Ils vont publiant les merueilles.

On les voit dans vn sombre Chœur *Prieres.*
Les bras croisez, les yeux modestes,
Inuoquer de bouche & de cœur
Le secours des Bontez celestes;
Quel brutal à ce saint aspect
N'est touché de quelque respect?

Quel Insolent, ou quel Athée
N'est saisi d'vne froide horreur,
Et de mouuements de terreur
N'a la conscience agitée.

Meditations.

Que si par fois ils ont choisy
La Solitude & la retraite,
Aussi-tost leur esprit saisy
D'vne flame ardente & secrette
Vole au sejour des Bien-heureux,
Et d'vn œil perçeant amoureux
Contemplant leurs doux exercices,
Meurt d'amour de se détacher
De l'esclauage de la chair,
Pour se mesler à leurs delices.

Là jusques dans le Ciel ouuert
Portant leur haute connoissance,
Ils contemplent à découuert
L'éclat de la diuine Essence;
Puis éblouys de sa splendeur,
Et des rayons de sa grandeur,
Descendent aux pieds de l'Image,
Et rauis dans ses attributs
Luy rendent les humbles tributs
D'vn aueugle & fidelle hommage.

Ode

Ode cinquiéme.

Diuertissements.

Par fois leur esprit affaissé
De trauail & de lassitude,
Ou melancolique & pressé
De l'ennuy de la Solitude,
N'agissant plus que par les sens,
Choisist des emplois innocents
Où son action se relâche;
Et pour s'vnir plus fermement,
Se separe pour vn moment
De l'objet diuin qui l'attache.

La main soulageant à son tour
L'assiduité qui le gesne,
Tantost trauaille sous le tour
L'yuoire, le boüys ou l'ebene,
Et tantost d'vn sçauant pinceau
Descriuant le cours d'vn ruisseau,
Vn arbre, vne fleur, vn bocage,
Malgré la froidure des airs
Etale parmy les deserts
Tous les attraits d'vn paysage.

Puis s'appliquant à cultiuer
Sa petite terre donnée,
Parmy les glaçons de l'hyuer
Dont elle est toute enuironnée;

Tantost elle fait par ses soins
Germer en de petits recoins
L'œillet, la rose & l'Anemone,
Et tantost cueille amoncelez,
Sus les arbres demy gelez,
Les fruits sauoureux de Pomone.

Spatiements. Par fois dans la belle saison
L'on voit la troupe sainte & blanche,
Qui dégorgeant de sa prison
Parmy les montagnes s'épanche;
Ainsi l'vn de l'autre écartez
Hauts dessus les vallons plantez,
Ou couchez sus le bord des riues,
Ils semblent aux hostes des Cieux
Des beaux diamants precieux
Enchassez dans des roches viues.

Conuersations. Là d'entretiens spirituels
Ils meslent leurs saintes caresses,
Et par des effets mutuels
D'affection & de tendresses,
Ces saints & charitables cœurs
S'entrepartagent les douceurs,
Dont les ont rauis les prieres,
Se communiquent leurs clartez,
Et des mysteres meditez
Se donnent les saintes lumieres.

Mais quel langage assez disert
Peut descrire la Politique
Qui s'obserue dans le desert
Par cette sainte Republique ;
Comme d'vn petit reuenu
Tout vn peuple est entretenu
Sans desordre & sans decadence ;
Et comme leur soin diligent,
Dans vn froid climat indigent,
Trouue vne confuse abondance.

Politique.

Auec quelle frugalité,
Et quel traitement fauorable,
S'obserue l'hospitalité
Dans cette Maison venerable ;
Quel doux accueil les Passagers,
Soit naturels soit Etrangers,
Reçoiuent en ces lieux austeres,
Qui de tant de climats diuers
Viennent en leurs fameux deserts
Visiter ces bons Solitaires,

Accueil aux Estrangers.

Jamais Empire ny Cité,
Jamais la Romaine Milice,
Quoy que dise l'Antiquité,
N'eut tant de regle & de police ;
Là dans leurs differents quartiers
Se pratiquent tous les mestiers,

Dans vne maison separée,
Où loin de la confusion
Vne sainte profusion
A tout cét ordre est procurée.

La courrerie.

Le sacré Chef de ce grand Corps,
D'vne adresse toute diuine;
Entretient les justes accords
Qui font mouuoir cette machine;
Ce Pasteur d'vn œil vigilant,
Au soin de son troupeau veillant,
D'vne auctorité si discrette
Donne les ordres en ce lieu,
Q'on diroit qu'il n'est que de Dieu
Le truchement & l'interprete.

Loüanges, &c.

Par la coûtume & par la loy,
Par ses deuanciers establie,
Confiné dans ces lieux d'effroy
Pour tout le reste de sa vie;
Il voit dans vn lieu separé
Son tombeau desja preparé
Affublé d'vne croix de pierre,
Et là medite chaque jour
Comme dans ce mortel sejour,
Il n'est que poussiere & que terre.

Mœurs du General.

Ode sixiéme.

Louanges de la Maison.

Sous vn ciel ouuert & serain,
Parauant que le premier homme,
Contre la Loy du Souuerain,
Eust mordu la fatale pomme ;
Il viuoit exempt de tous maux,
Maistre de tous les animaux
Dans vne terre fortunée,
De qui les fertiles gasons
Germoient en toutes les saisons
Les moissons de toute l'année,

Lors sans colere & sans venin
Les serpents erroient dans la plaine.
Toute herbe en ce climat benin
Estoit ou myrte ou marjolaine,
Les arbres estoient tousiours verds,
L'an ne connoissoit point d'hyuers,
Les chesnes y portoient la pomme.
Le laict dans les fleuues couloit,
Et l'amandier y distilloit
L'ambre & le miel au lieu de gomme.

Mais aprés que par son peché
Il eut perdu ses priuileges,
Tout cét ordre fut relâché,
La terre blanchit sous les neiges,

Le premier criminel mourut,
C'ét heureux sejour disparut,
Le chardon couurit les campagnes;
Et pour ce pays riche & beau,
Dieu fit vn paradis nouueau
Dans ces effroyables montagnes.

Vn paradis d'austerité,
De rigueur & de penitence,
Vn paradis de sainteté,
D'amour, de paix, & d'innocence;
C'est la Cour terrestre de Dieu,
C'est vne isle dans le milieu
D'vne mer feconde en orages,
Qui dans ses monts de roches clos
Mesprise des vents & des flots
Les plus capricieuses rages.

C'est vn mont au Ciel esleué,
Qui voit au dessous le tonnerre,
C'est vn grand theatre leué
Dessus la masse de la terre,
D'où sans frayeur & sans danger
L'on voit le peril étranger,
D'où l'on oyt l'orage qui gronde;
Et d'où paisiblement assis,
On contemple d'vn œil rassis
Rouler l'inconstance du monde.

Vanité de la Cour.

Mon Dieu mon vnique support,
Roy dont les Cieux sont les prouinces,
Que ta Cour a peu de rapport
Auecques celle de nos Princes:
Que tes fauoris sont diuers
De ceux des Roys de l'Vniuers:
Que leurs cultes sont dissemblables:
Et que par ce grand changement
On fait bien le discernement
De tes grandeurs incomparables.

Ils esleuent des vains autels
A des simulachres de verre,
Ils adorent des Dieux mortels
Paistris de poussiere & de terre;
Leur esprit tousiours agité,
D'vne heure de tranquillité
Jamais ne sent la quietude,
Et leurs visages composez
Portent sus le front imposez
Les témoins de leur seruitude.

Ils courent aprés le bon-heur
D'vne fuyante renommée,
Aprés vne jmage d'honneur
Qui n'est que songe & que fumée,
D'vn sort infidelle & pipeur,
Tousjours variable & trompeur,

Ils suiuent l'inconstante rouë,
Qui tantost les met en splendeur;
Tantost du haut de la grandeur
Les precipite dans la bouë.

Tousjours des matieres de pleurs
Naissent de leurs sales rapines,
Jamais ils ne cueillent de fleurs
Que parmy des moissons d'épines;
Dans leurs Palais delicieux
Ces Esclaues ambitieux
De l'honneur & de la coustume,
Ne goustent parmy les douceurs,
Dont ils nous semblent possesseurs,
Que déplaisir & qu'amertume.

Comblez de tristesse & d'ennuys
Aux pieds d'vne beauté mortelle,
Ils passent les jours & les nuicts
Dans vne attente criminelle;
Au lieu de toy, diuin Soleil,
Ils idolâtrent vn bel œil
Qu'ils ont pour vainqueur & pour maistre,
De qui les feux bruslants & clairs
Passent comme ceux des éclairs,
Qu'vn moment voit mourir & naistre.

Ode

Ode septiéme.

Que mes ennuis sont consolez,
Quand i'obserue la quietude
D'vn de ces esprits appellez
Dans la paix de la Solitude;
Jamais il n'a le front couuert,
Tousjours son visage est ouuert,
Et de ce climat plein d'orages,
De ce ciel de fer & d'airain,
Son œil doux, brillant & serain
Semble dissiper les nuages.

Auantages du Solitaire.

Il braue l'effort des malheurs,
Et tousjours dans l'indifference,
Entre les biens & les douleurs
Il ne met point de difference;
Sans aucun soin de preuenir
Les accidents de l'auenir,
Il vit du jour à la journée
Riche sans bien, pauure & content,
Et dans vn bon-heur plus constant
Son ambition est bornée.

Il n'est pas de ces Orgueilleux
Qui tâchent en vain de comprendre
Les secrets les plus merueilleux
Que l'œil à l'esprit peut apprendre;

Il professe l'humilité,
La douceur, la simplicité,
La charité; la patience;
Vn Dieu qui pour luy sus la Croix
Expira les derniers abois,
Est tout son liure & sa science.
Il n'a pas l'esprit alteré
Des éuenements de la guerre,
Il verroit d'vn front asseuré
Bouleuerser toute la terre;
Il laisse au soin des Potentats
La conduite de leurs Estats,
Et retiré dans sa cauerne,
Parmy l'horreur de ces grands bois,
A peine sçait-il quelques-fois
Le nom du Prince qui gouuerne.
Je me figure de le voir
Dans cette Solitude affreuse,
Assis au pied d'vn arbre noir,
Ou dessous vne roche creuse
Les yeux au Ciel, oüy ie le vois,
C'est luy-mesme, i'entends sa voix
Chanter les diuines loüanges;
Et dans ce paisible repos
Entretenir de ces propos
La Reyne du Ciel & des Anges.

Sainte Diane de nos bois,
Seule maistresse de mon ame,
Vierge & Mere, écoute la voix
D'vn Seruiteur qui te reclame,
Lance vn de tes regards des Cieux,
Et détourne ces mesmes yeux
Dessus ce pauure Solitaire,
Qui virent, tous baignez de pleurs,
Les supplices & les douleurs
D'vn Dieu mourant sus le Caluaire.

Source de grace & de douceur,
Tousjours viue & tousjours feconde,
Epouse, Mere, Fille, & Sœur
Du souuerain Maistre du monde,
Belle aurore de mon Soleil,
Dont le teint brillant & vermeil
Fait mourir l'éclat des étoiles;
Mere du Dieu qui m'a sauué,
Source du sang qui m'a laué,
Astre sans nuage & sans voiles.

Pour toy i'ay tout abandonné,
Honneur, amour, biens, heritages,
Pour toy ie me suis confiné
Dans l'enclos de ces hermitages;
Seule tu fais tous mes desirs,
Mes affections, mes plaisirs,

Mon bon-heur & mon esperance,
A toy seule i'ay mon recours,
Vierge, Mon vnique secours,
Mon refuge & mon asseurance.
J'ay brisé les fascheux liens
Qui tenoient mon ame en seruage,
J'ay quitté du corps & des biens
L'attachement & l'esclauage;
Qui me peut icy retenir ?
Que me reste-il pour m'vnir
Au Souuerain Bien où i'aspire;
Qu'est ce, ô mere, que tu pretends
Quand tu me priues si long-temps
Des Beautez pour qui ie soûpire?
Ah Vierge, qui peut arrester
Le doux effect de mon enuie:
Jusques à quand faut-il rester
Dans la prison de cette vie;
Mon ame, il faut s'en déliurer,
Allons allons nous enyurer
Dans ces fontaines maternelles,
Allons succer ce laict sacré,
Et de ce doux nectar succré
Gouster les douceurs eternelles.

Ode huictiéme.

Sainct homme sauory de Dieu,
Pere de ces bons Solitaires,
Sacré Fondateur de ce lieu,
Autheur de ses loix salutaires,
Bruno les delices du Ciel,
Esprit sans malice & sans fiel,
Diuin ornement de l'histoire,
Heureux arbre qui sec & mort
Germes encore aprés ta mort
Tant de rejettons pour la gloire.

S. Bruno Fondateur de l'Ordre.

Quand i'entends la description
De cét accident lamentable,
Qui fut de ta conuersion
Le mouuement épouuentable;
Je fremis tout à ce recit,
Mon ame de frayeur transit,
Vne pasleur couure ma face;
A cette image de terreur
Mes cheueux se dressent d'horreur,
Et mon sang deuient tout de glace.

Je me represente ce mort,
Qui parmy ses pompes funebres
Quitte les prisons de la mort,
Et sort de ses noires tenebres

Voilé de ces mesmes lambeaux
Qui le couuroient dans les tombeaux,
L'œil égaré, le teint malade,
Il se releue, il est debout,
Il jette la frayeur par tout
Où se promene son œillade.
Il me semble d'oüyr sa voix
D'horreur & de crainte troublée,
Dire en trois differentes fois
Dans le milieu de l'assemblée,
Par les Jugements souuerains
De celuy qui fait des humains
La recompense & le supplice,
Je suis justement amené,
Accusé, jugé, condemné
Au tribunal de sa Justice.
Juge de rigueur & d'effroy,
Que tes decrets sont formidables:
Que les plus justes deuant toy
Sont criminels & condemnables:
Vn grand Ministre des autels
Qui vécut aux yeux des mortels
Presque sans deffauts & sans crimes,
Pour vn leger acte d'orgueil
S'est veu des cachots du cercueil
Precipité dans les abismes.

O vanité des vanitez!
Dans ces passageres demeures;
En des vaines subtilitez
Le sçauant consomme les heures;
D'vn eternel flus & reflus
De raisonnements superflus
Il se fait naistre les tempestes,
Et troublant la paix de ses jours,
D'vn hydre qui renaist tousjours
Ecrase les secondes testes.

Il semble icy le spectateur
Des ouurages de la nature,
Et sans monter au Createur
Il contemple la creature;
Ou si par fois il l'a connu,
C'est d'vn cœur froid & retenu,
Sans amour, sans reconnoissance,
Et qui priué de sentiments
Termine tous ses mouuements
Dans vne simple connoissance.

Que seruit à ce malheureux
Tout cét appareil de science,
Cét esprit fort & vigoureux,
Qu'a ramollir sa conscience,
Que pour l'enfler de vanité;
Et qu'afin qu'vne eternité,

Plongé dans vn sort miserable,
Des justes Jugements diuins
Aux esprits superbes & vains
Il fût l'exemple memorable.
Feu volage, fresle vapeur,
Flame en apparence propice,
Mais dont l'éclat foible & trompeur
Nous mene dans le precipice;
Desliure mes sens aueuglez
De tes mouuements déreglez;
Laisse moy, raison insensée,
S'éteigne à jamais ta splendeur,
Pourueu qu'vne diuine ardeur
Regne tousjours sus ma pensée.
Que mon esprit jusqu'au tombeau
Se couure de voiles funebres,
Qu'à jamais ce brillant flambeau
Soit aueuglé dans les tenebres,
Et que toute son action
Soit vne ardente passion,
Vne sainte & douce tendresse
Qui remplisse tout mon desir,
Qui soit mon vnique plaisir,
Ma guide & ma seule maistresse.

Ode

Ode neufiéme.

Mais toy, rejetton de ces bois,
Fille à ta mere presque vnie,
Sujette fidelle à ses loix,
Voisine & sainte colonie,
Terre d'estangs & de marests.
Maison couuerte de forests,
Sylue, qui tairoit tes merueilles,
Ta gloire, ton antiquité,
Et pourroit à ta sainctete
Refuser sa plume & ses veilles.

Sylue Chartreuse voisine, &c.

La vertu de ton Fondateur
Que Rome a veu porter son Aigle,
Depuis si grand Obseruateur
De ton austere & sainte Regle,
A tres-dignement merité
Qu'à jamais la posterité
Sçache & reuere ton histoire;
Et que mon artiste burin
En des characteres d'airain
La graue au Temple de memoire.

Son histoire.

Lors que Federic Empereur
Vengeoit vne illustre folie,
Et que sa barbare fureur
Inondoit toute l'Italie,

L'affrōt fait par les Milanois à l'Imperatrice sa femme.

E

Dans ce Royaume separé
Vn sien fils s'estoit retiré,
Lassé de guerre & de carnage,
Et viuoit comme confiné
En cét endroit du Dauphiné
Qu'il choisit pour son appanage.

Pour éuiter en ce loisir
De s'emporter dans les delices,
La chasse estoit tout son plaisir,
Et ses plus frequents exercices;
Tous les Echos estoient troublez
Des cors & des cris redoublez;
Et l'on entendoit ces contrées
Bien loin retentir des abois
Des chiens échappez dans les bois,
Aprés les bestes rencontrées.

Vn jour comme dans les forests
Voisines de ces blanches crouppes,
De course, de cris, & de traits
Il suiuoit les fuyantes troupes,
Il vit dans vn fonds entassez
Douze cerfs en harde amassez,
Hauts de stature & de ramage,
Et de qui la blanche toison
Excedoit, sans comparaison,
Celle du Cygne en son plumage.

Aussi-tost les chiens detachez,
A trauers buissons & fougere
De fureur au butin lâchez
Attaquent la troupe legere:
Mais ils la pressent vainement.
Elle s'écarte en vn moment,
Et se mesle parmy les branches.
Comme dans le sombre de l'air
La prompte flame d'vn éclair
Confondroit ses lumieres blanches,

Jusques à trois diuerses fois
Le Prince réuient à la chasse,
Trois fois, au mesme endroit du bois,
Il les aperçoit & les chasse;
Mais tousjours en vain & sans fruit
La meute ardente les poursuit.
Ils sont pareils à ces fantosmes,
A ces spectres mal affermis,
Qui deuant nos yeux endormis
Promenent leurs fresles atomes.

Confus de cét éuenement
Et du prodigieux spectacle,
Il reconnut sensiblement
La diuinité du miracle;
Et lors en son ame comprit,
Qu'vn celeste & diuin esprit

Luy designoit par ces mysteres,
Qu'il deuoit en ce mesme lieu
Fonder & consacrer à Dieu
Douze de ces bons Solitaires.
Dés l'heure, sans plus s'opposer
A ce mouuement salutaire,
Dans ce lieu mesme il va poser
Les fondements d'vn Monastere,
Qu'il nomme Sylue de ces bois;
Et soubs l'austerité des loix
Ayant sa grandeur asseruie,
Renfermé dans cette prison,
Au seruice de la maison
Passe le reste de sa vie.
O Cerfs, qui deuers Dieu courez
Sans repos & sans prendre haleine,
Comme font les cerfs alterez
Aux douces eaux d'vne fontâine;
Puissiez-vous au Ciel quelque jour,
Dans l'ocean de son amour,
Rafraischir vos ardentes flames,
Et mis au rang des Bienheureux
Boire le nectar sauoureux
Dont s'enyurent les saintes ames.

Ode derniere.

Mais ie m'égare en mon projet, Conclusion.
La sainte fureur me transporte,
Dans ce riche & vaste subjet
Ma plume s'esleue & s'emporte;
Rappellons nos sens & nos yeux,
Et les attachant en ces lieux
Qui sont le sujet de nos veilles;
Enfin, d'vn genereux accent
Ecrions-nous en finissant,
A l'aspect de tant de merueilles.

O desert: ô vallon sacré:
Cher voisin des Cieux & des Anges, Eloges de la Chartreuse.
O grand temple à Dieu consacré,
Tousjours remply de ses loüanges:
De qui le ciel est le couuert,
La porte vn rocher entr'ouuert,
Des precipices les enceintes,
L'autel vne grande maison,
Les sacrifices l'oraison,
Les victimes des ames saintes.

Rome, dont le faste insolent
A des ruines de la terre,
Que ton Peuple alloit desolant,
Dressé tant d'objets au tonnerre,

As-tu pour tes faux Immortels
Jamais basty de temples tels,
Bien que leur front perçeast la nuë,
Et prophane eus-tu le pouuoir
Qu'en celuy-cy tu nous fais voir,
A present sainte deuenuë.
Le Temps qui d'vne dent de fer
Lime & deuore toutes choses,
Et que nous voyons triompher
Autant du marbre que des roses,
T'a fait couler auec son flus,
Desja l'on ne te connoist plus
Que par la voix de tes Orphées;
Et tes ouurages démolis
Sont des vieux restes abolis,
Qu'il a gardez pour ses trophées.
Mais cét enorme bastiment,
Paistry des mains de la nature,
Sans exemplaire, sans ciment,
Sans ordre, sans architecture,
Joüyst d'vn destin bien diuers;
Il fut fait auec l'Vniuers,
Et ne peut jamais se dissoudre,
Qu'alors que les rochers fondus
Seront au neant confondus
Par les derniers feux de la foudre.

L'Empire le mieux estably,
Et la loy la plus affermie,
Enfin du temps & de l'oubly
Eprouuent la force ennemie:
Mais cét ordre si rigoureux
Deuient tousjours plus vigoureux,
Et malgré la course des lustres,
D'vne inuincible fermeté
Dans leur naïue pureté
Maintient ses preceptes illustres.

O retraite pleine d'appas:
Angelique & charmante vie,
O vertu: que seule icy bas
N'oze attaquer la noire enuie,
Par toy seule on voit triompher
L'âge d'or en des lieux de fer,
Et les esprits doux & sinceres
Font reuiure dans l'Vniuers
Au milieu d'vn siecle peruers
La simplicité de nos peres.

Et vous, miraculeux rochers,
Qui loin de seruir au naufrage
Presentez aux foibles nochers
Vn asile contre l'orage,
Tandis que vos sommets pointus
Sont par les tempestes battus,

Vos ports sont paisibles & calmes,
Et parmy l'horreur des glaçons
Vous germez des saintes moissons
De lauriers, de lys, & de palmes.
Plus ie me figure vos traits,
Plus mon ame se sent rauie,
Et plus i'admire les attraits
Et les douceurs de vostre vie,
Je sens que mon cœur est épris
D'vne horreur & d'vn saint mépris
Pour toutes mes erreurs premieres;
Mes yeux n'en sont plus éblouys,
Leurs faux-iours sont euanouys
Prés de ces diuines lumieres.
Toy, par qui cette auersion
Naist, sans doute, dans ma pensée;
Mon Dieu, de ma conuersion
Acheue l'œuure commencée;
Guide mes pas à ce desert,
Que ceux que mon pinceau disert
Seulement descrit & contemple,
Et que par des traits empruntez
Encore ie n'ay qu'imitez,
Je les imite par exemple.

F. I. N.

www.ingramcontent.com/pod-product-compliance
Ingram Content Group UK Ltd.
Pitfield, Milton Keynes, MK11 3LW, UK
UKHW012302240726
13966UKWH00004B/1566

9 782011 94352